679件可以写的事

一提笔就停不下来的创意写作书　杨云 编著

江苏凤凰文艺出版社
JIANGSU PHOENIX LITERATURE AND ART PUBLISHING

如何成为故事王
—— 本书使用说明

想成为脑洞故事王?

想动笔,却嫌生活太枯燥?

有创意,却不知道怎么创造联系?

本书提供超 600 个创意场景,引爆你的想象力。

想怎么编就怎么编,

想什么时候写就什么时候写,

想写多长就写多长,

走进这个文字的秘密花园,

享受创作带来的新鲜!

第一章 每个词语都是一个灵感的小宇宙 P7

是不是脑海中总是会突然蹦出一个词？快快抓住这个灵感！
本篇章提供超多词汇组合，让你可以练习建立词语之间的联系，尝试写出一些片段。

经过第一章的试炼，是不是感觉创作没那么难了？
下面我们来到——

第二章 每一句话都是一次灵感宇宙的爆炸 P59

两句看起来毫无关联的句子也可以碰撞出精彩的故事。本章提供了五大主题，让你可以快速进入创作状态。选择你喜欢的句子，开始心潮澎湃的写作吧！

通过上面两个章节的练习，想必你已经是个笔尖都停不下来的段子手了吧。下面来试着创作一个属于你自己的故事吧！

第三章 每一个设定都是一个脑洞 P111

本章节从人物设定、环境设定、剧情设定、关键词设定、节奏设定五个方面让你的故事更加丰满。当一切都准备就绪,想必属于你自己的大作就呼之欲出了!

第四章 日常练习 P163

这一章节有一些可爱的"话题作文",比如写一段吵架的对话,你最舍不得扔的宝贝等。当然,你也可以完全忽视这些题目,开启自由的创作时间!

让我们开始吧!

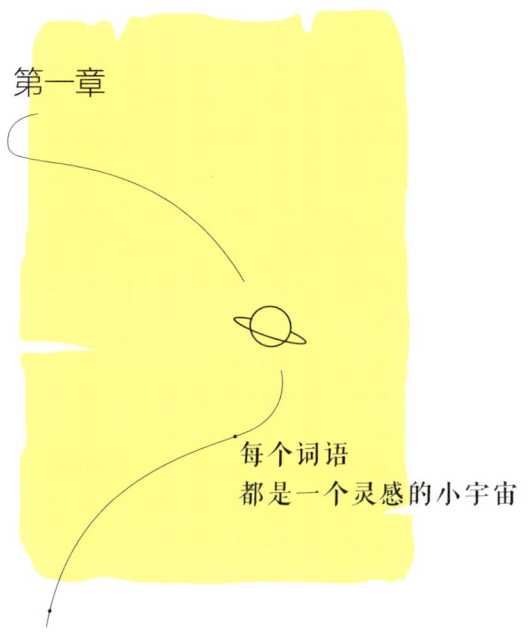

第一章

每个词语
都是一个灵感的小宇宙

练习说明：
每一页提供四组词语，根据每组词语写下一段故事。
注意故事的完整性。

出租车 下雨 飞机

沙发 灯塔 森林

集市 黄昏 教室

阿拉丁 沙滩 病房

日落　火山口　救护车

秋千　瀑布　书房

冰雕　帐篷　海岛

站台　橱窗　画廊

加油站　雨伞　圣诞老人

牧场　庭院　溶洞

老街　夜市　阳台

爱心　鼓掌　水龙头

警察　画家　创可贴

喷泉　书店　操场

星星　机器人　宇航员

广场　灯塔　温室

时钟

扑克

马戏团

阁楼

酒吧

机舱

茶社

渔村

雪乡

游轮

小精灵

牛仔

厨房

浴缸　彩虹

山谷

花田　露台

城堡

农舍　船坞

超人

派对　毕业典礼

- 婚礼
- 感冒
- 考核

- 古寺
- 石滩
- 滑雪场

- 摩天轮
- 水族馆
- 露营地

- 放大镜
- 自拍
- 手术台

| 王后 |
| 温度计 |
| 跳伞 |
| 纪念馆 |
| 农家乐 |
| 宁静 |
| 美食街 |
| 欢快 |
| 复古 |
| 一本书 |
| 实验室 |
| 南瓜灯 |

拖拉机 粉丝 脱发

天文馆 寒冷 冲突

隐身 厨师 月蚀

山顶观景台 粉丝 奇幻

国王 法庭 钻石戒指

冰淇淋 地铁站 云端

吸血鬼 过山车 沙发

实验室 繁华 摩天轮

F1赛车手　摩天轮　UFO

街头涂鸦　写字楼　惬意

咖啡　山顶日出　夜市

医院　课堂　足球

美甲师 刮胡刀 教堂

古董店 古镇 平和

火车站 图书馆 冷淡

日出 亲吻 剪刀

木马　气球　理发师

滑雪场　热情　教堂

100分　拜拜　高铁

古寺　艺人　海底世界

呕吐 卷纸 中奖一亿元

民俗博物馆 孤独 竹林

回忆 水母 迷宫

日历 瞳孔 蜂巢

雪人

山洞

外星人

邮票

失眠

火山口

尸体

情书

玻璃珠

马桶　眼泪

地铁

肥皂

忍者　奖牌

芭蕾

保鲜膜　极光

胎盘

蚂蚁　银河

农场

泡澡　丧尸

- 火箭
- 礼物
- 灭火器

- 混凝土
- 佛经
- 档案馆

- 台风
- 哑剧
- 塑料花

- 麻将
- 账号
- 乐队

	日记本
	阳光
	红包
	时间
	褶皱
	指甲
	律师
	蒲公英
	静脉
	便利店
	猎人
	复仇

试管　钓鱼　王炸

婴儿　罐头　耳鸣

保险单　喜羊羊　魔术

超声波　蠕虫　时间胶囊

邻居　驱蚊液　龙

头皮　宇宙　沥青

购物狂　钱　收银台

婚礼　水泥　眼泪

高跟鞋　谎言　热气球

摇篮　末日　玻璃纤维

潮汐　悬崖　AI

盒饭　逃脱　电脑

牛排　滤镜　深夜食堂

洞穴　太空　行星

厨师　飞船　探险

直播　面具　清洁工

60秒　午夜　日常

大风　发财树　纸箱

婚纱　外卖　侦探

消毒液　徽章　书

垃圾分类 台灯 搬家

大学 香薰 面条

赛高 春天 快递员

键盘 台历 财神爷

押金

书单

囤货

微信

"班味"

智能驾驶

古希腊

草台班子

松弛

表白

弹窗

比萨

旅行

天堂　KTV

大排档

浪漫　草原

收费站

钟声　话筒

暗杀

泥巴　美妆博主

- 失踪
- 西游记
- 寄生虫

- 音乐节
- 外卖
- 水杯

- 座位
- 符咒
- 微生物

- 少林寺
- 白雪公主
- 假发

	情书
	江湖
	假期
	城堡
	奶茶
	诗人
	暴雪
	海浪
	夕阳
	书架
	经纪人
	召唤师峡谷

哈哈哈哈　英雄　葬礼

教堂　音乐　City

电影院　骗局　黑洞

越王　战术　洋气

消息　麻辣烫　天使

多巴胺　莫兰迪　躺平

小时候　神器　"吃土"

"摸鱼"　社交　显眼包

怪物 童话 一米九八

小龙虾 歌谣 赛道

颗粒度 搬砖 尬聊

真爱 火锅 电影

情人节　镜子　真相

佛系　钝感力　垃圾

蒸蛋　芒果　男一号

窗户　菜单　阳台

苹果 变身 相声

保安室 监控 黑影

双十一 脱单 按钮

网红 摄像机 天台

站台 证人 追捕

导演 法官 搜寻

拥抱 奶瓶 种草

枕头 证据 跳跳糖

八卦

口红

倒计时

演员

短剧

一辈子

内耗

玫瑰

代表作

长安

动物园

夏天

消失

17岁 香水

马甲

聊天记录 事业

经纪人

相框 秋天

地震

奇葩

四六级

- 夜班
- 租房
- 催眠

- 暴击
- 冲澡
- 绑定

- 2048年
- 剧组
- 领带

- Bug
- 婴儿
- VR

	生日
	演员
	猫
	电脑
	玫瑰
	刺
	指针
	原谅
	追求
	四脚兽
	游戏
	期末考试

特工 灯塔 蛋糕

角色 书柜 礼物

方便面 烤箱 胆小鬼

密码门 课程 技巧

鬼屋　遗嘱　车祸

过山车　眼泪　话筒

星巴克　手机　鼠标

微博超话　主持人　网友

杀手 凶器 冠军

传奇 炒作 合唱

唱片机 水果刀 垫肩

同学 太空漫游 窗帘

病毒　寝室　偶像

八字不合　幸福　组合

卷发　奔跑　气喘吁吁

医生　春节　标签

人工智能　拒绝　重庆

拍摄　钢笔　酒杯

跳槽　电话亭　衣柜

服装　刘海　群岛

招聘会 七夕 微博

一周 一切 一个

迷惑 节操 勇气

提议 眼镜 博主

素颜

担担面

万圣节

红发

热干面

望远镜

充电

课堂

旅行

熊猫

超市货架

交友软件

健身

月圆之夜　流量

投资

菜单　彩蛋

颜值

排队　派对

少女

耳机　说明书

- 孙悟空
- 篮球
- 对象

- 哪吒
- 安检
- 按键

- 学院
- 团建
- 福袋

- 云
- 诺贝尔奖
- 发卡

	手机铃声
	攻略
	台风

	公寓
	鱼线
	搭子

	通知
	探索
	混合

	中药
	大数据
	细菌

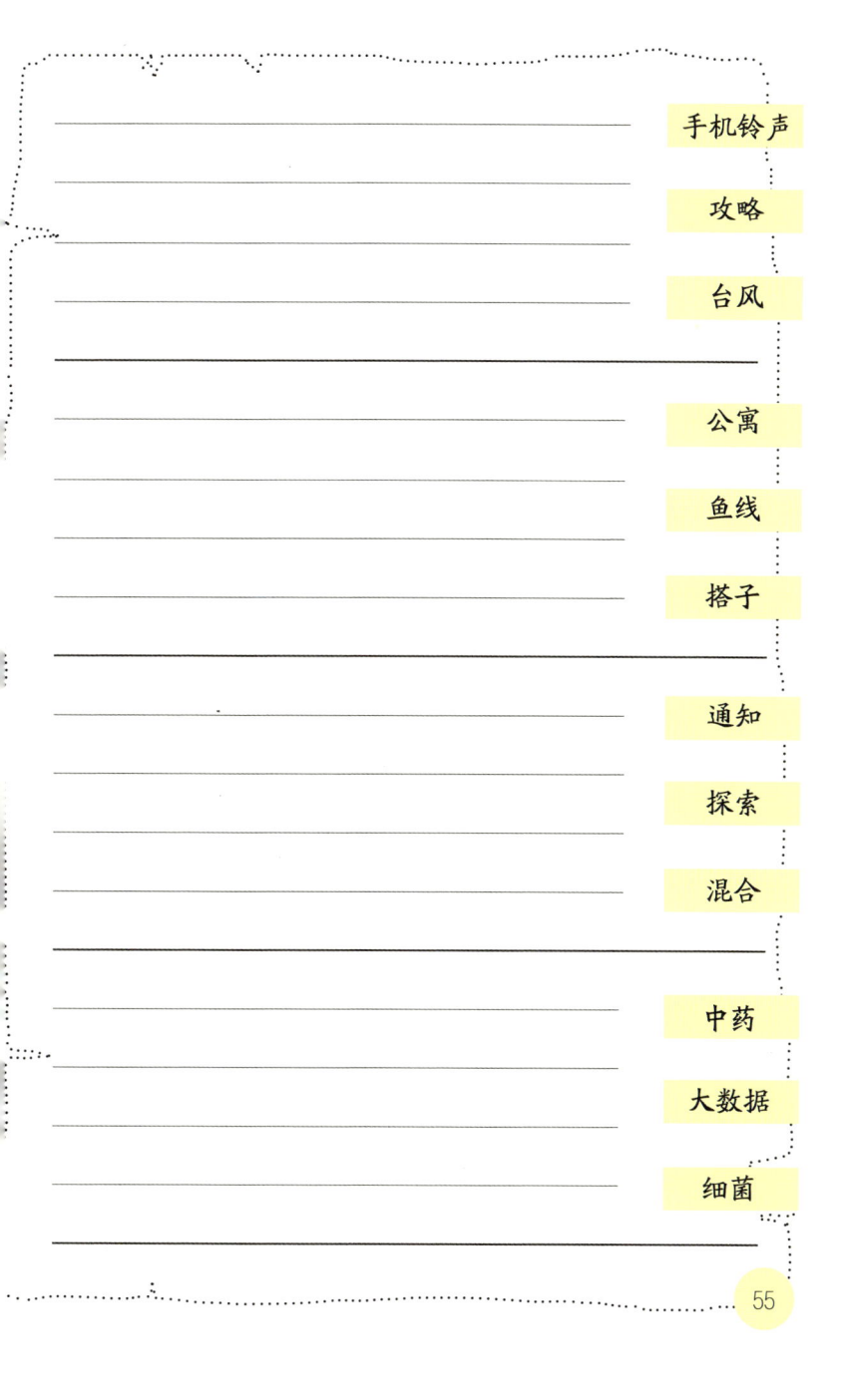

恐怖片　加油站　猪八戒

流浪地球　三更　快递

卧室　细菌　滴滴司机

仙人掌　草莓　谜底

5G　马甲线　奶茶

姜片　奖品　毛巾

球鞋　Vlog　头像

沙漠　票房　饺子

第二章

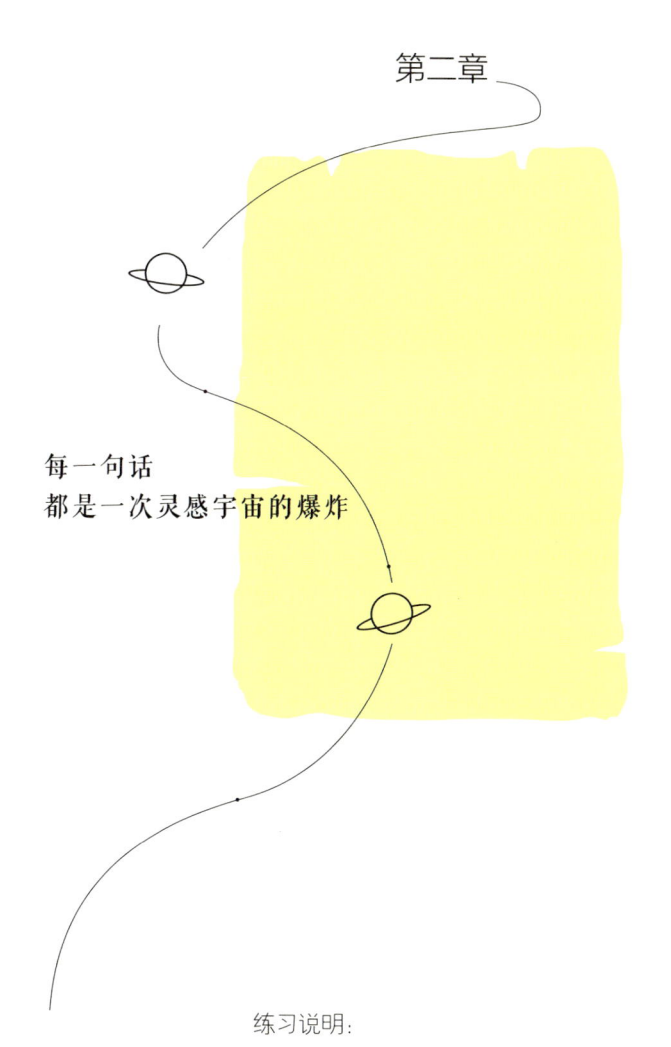

**每一句话
都是一次灵感宇宙的爆炸**

练习说明:
有时候一句话可以引出一个精彩的故事。本章节每一页提供两句看似没有逻辑的句子,通过开脑洞补充中间的情节。

恐怖篇

你能想到的恐怖元素有哪些?
在下面写出关键词并脑补场景……

房间里的灯突然熄灭了。

——地上的血渍已干透。

他回到家,发现自己早上摆放整齐的鞋子,有一双被调换了方向。

……他删除了这封死亡邮件。

他举起菜刀。

……只剩下这一地的瓜子壳。

手机相册里突然多了一张昨天晚上自己睡觉的照片。

……半年前那起车祸的肇事者终于找到了。

地上的血，顺着瓷砖缝缓缓流向地漏。

……门铃响了，一个快递小哥捧着一束花站在门口。

她看到视频通话中的好友背后忽然多出了一个人!

……他把最后一粒乐高拼好了。

超市的货架上空空如也。

……他拾起了地上那个带血的扳手。

凌晨两点闹肚子,起来发现厕所的灯竟然开着,里面传来淋浴的声音。

……大门外忽然传来疯狂的敲门声。

她感觉自己的病床前站着一团人形样的黑雾。

……垃圾车启动的同时,一只手掉到了地上。

爱情篇

想到爱情，你脑海中会蹦出哪些词？
撒糖？秀恩爱？还是婚礼？争吵？写出你心中关于爱情的关键词吧！

看着地上被踩碎的棒棒糖,他……

他将火车票扔进了垃圾箱。

她推着轮椅,带他出来散散步。

……太阳又升了起来。

看着跪在蜡烛围成的心形图案中间的他，
手里举着一个小盒子。

……身影湮没在了街角的阴影中。

"要不在一起试试?"

……他将手里的纸撕掉扔进了垃圾桶。

终于到了男女合唱的环节,他当着众人的面把话筒递给了她。

……她拿着秘书递过来的一沓简历,看到了他的照片,拿起笔画了一个"×"。

缆车很小,一人坐一边才能平衡。

……她看着那张被烧了一半的纸发呆。

分手后的第三十天。

……他们仿佛第一次见面,看着对方傻笑。

"我们分手吧。"

……她拿起手机,开始视频直播。

这是他们最后一次拥抱。

……这是他送她的第一枚钻戒。

脑洞篇

天马行空的幻想才是创作最有趣的地方!
想写什么写什么!什么逻辑、什么设定,通通滚开!

打开淘宝,搜一搜你觉得能在网上买到的最奇怪的东西。编一个买家和卖家的故事。

她在等谁?

……终于上了王者。

我们家有一间永远锁着的房门。

"傻孩子,我们只有一个女儿。"

他接下了隔壁递过来的草纸。

……门外排了好长的队。

他终于发完了最后一张传单。

……公司倒闭了。

统计团购名单时,她发现了B302,但是这个房子好久没人住了。

……她的脸上流下了泪水。

无敌是多么寂寞。

……最后一张草纸也用完了。

最近,他每天晚上给她发微信,都没有收到回复。

……即将开门的那一刹那,一个枪口对准了他。

他准时坐到了望远镜前,看着对面的窗户。

……窗户里的人对他摆出了"OK"的手势。

冒险篇

冒险故事总是让人充满期待！在这一章里，试试来一场创意十足的冒险吧！

背包客在雨林部落捡到褪色的羊皮地图,

地图背面浮现出几个血字……

废土拾荒者在生锈的太空舱里发现会说话的机械猫,

人类最后的火种在北极光监狱,而你是钥匙。

他眼前的敦煌壁画竟然发光,人物开始变化动作……

他的影子开始长出敦煌藻井的莲花纹。

列车员在餐车捡到乘客遗留的银质怀表,

他的工牌照片,不知何时变成了怀表主人的脸……

考古系学生在三星堆祭祀坑挖到会呼吸的青铜面具,

宿舍的地板开始浮现青铜纹路,向他的脚踝蔓延……

地下管道维修工老周捡到一封1942年的信,当他翻到信封背面,发现寄出地址是他家。

渔村少女为救弟弟，答应老船长去海底捞起沉船的八音盒。

少女浮出水面，发现弟弟的瞳孔变成了人鱼的竖瞳。

钟表铺学徒在阁楼发现会走动的机械木偶,

当午夜钟声敲响,木偶开口了……

极地科考队员陈默在冰川裂缝发现透明冰雕，

科考站警报突然响起——所有队员的定位器都显示"死亡"。

科幻篇

硬核科幻写不出来?赛博朋克太高端?
不!我们正处于的世界,就是一个最不敢想象的世界!

找一部2000年以前的科幻电影，看看里面哪些设定如今成了现实？

世界毁灭后的第五十二天,他的手机突然收到一条微信。

……远处的灯光忽明忽暗。

论坛上自己七年前的留言被扒了出来,写道:

……一个声音在我脑海里说道:"你永远都回不去了。"

微博上UFO的照片瞬间击垮了服务器。

……"报告老板,我们的顶级流量明星被宇宙飞船抓走了!"

"月球日记,第326天。食物还能坚持一周。"

……"呼叫呼叫,我们是来接你回地球的。收到请回答。"

时光机真的成功了!
艾莉丝真的消失了!

……等等,为什么艾莉丝回来后像变了一个人?

「你既然也拥有超能力,来跟我一起统治全人类吧!」

……「对不起,我想做个好人。」

有没有想过,你身边最好的朋友,可能是来自外星的间谍。

……嘀——嘀——嘀——

当我登录我的游戏ID后，发现里面的人物竟然不再受我的控制！

……"我要删除你！"游戏里的人隔着屏幕对我说道。

第三章

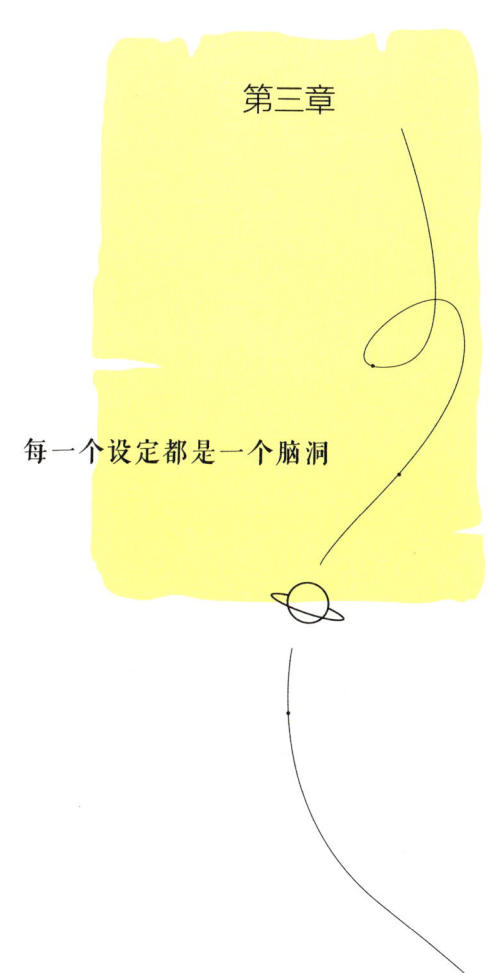

每一个设定都是一个脑洞

经过前面两个章节的考验,想必你心中已经燃起了创作的欲望。下面,我们可以通过以下设定的规划,勾勒出属于你自己的故事。

人物设定
写出人物形象、关键性格、服装风格、口头禅、小动作等特征。

☐ _____

☐ _____

☐ _____

☐ _____

☐ _____

☐ _____

☐ _____

画出人物关系图。

女主角

男主角

女二号

男二号

群演 1

群演 2

群演 3

群演 4

环境设定
为故事搭框架，列出环境关键词。

☐

☐

☐

☐

☐

☐

☐

时代

城市

行业

公司

人物家庭背景

朋友关系

对手的情况

大反派

剧情设定
先列出你想写出的、一定会发生的有趣的事情。

☐

☐

☐

☐

☐

☐

☐

相遇

冲突

外界的
敌人

更强大的对手

共性

可能会发生的悲剧

所有矛盾的集中爆发

化解困难的人

关键词设定
设想关键词对剧情的影响,以及剧情的走向。

感情

误会

反转

矛盾

冲突

成功

失败

未解

节奏设定
列出大事件。

- [ ]
- [ ]
- [ ]
- [ ]
- [ ]
- [ ]
- [ ]

角色

欲望

出发

探索

得到

代价

回归

改变

第四章

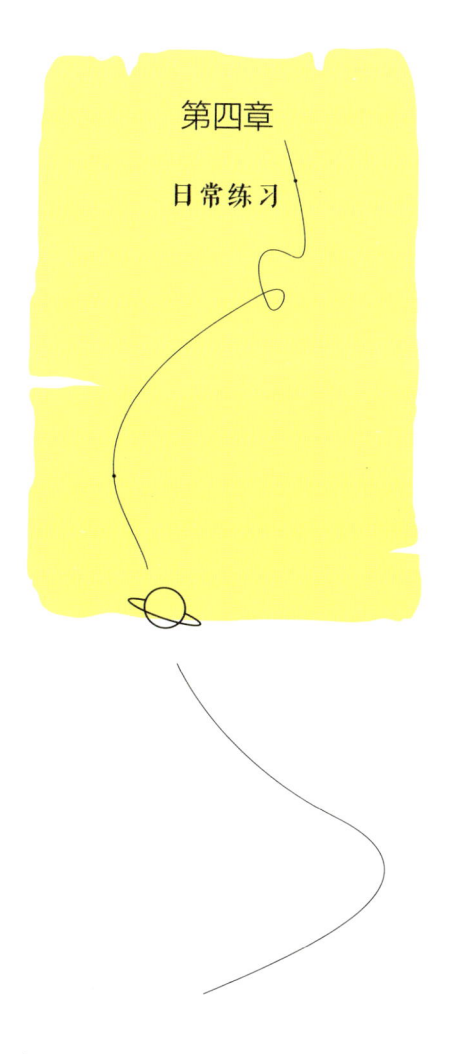

日常练习

日常中的观察是写作必不可少的关键，观察能让你读懂更多人，了解更多行事逻辑。试试完成下面的"话题作文"吧！

幸运的是 _____

_____

_____

_____ 不幸的是

幸运的是 _____

_____

_____

_____ 不幸的是

幸运的是 _____

_____

_____

_____ 不幸的是

幸运的是 _____

_____

_____

_____ 不幸的是

幸运的是 _____

_____

_____

_____ 不幸的是

幸运的是 _____
_____
_____
_____ 不幸的是
幸运的是 _____
_____
_____
_____ 不幸的是
幸运的是 _____
_____
_____
_____ 不幸的是
幸运的是 _____
_____
_____
_____ 不幸的是
幸运的是 _____
_____
_____
_____ 不幸的是

按照下面的要求写下一个大转折的故事吧！
爱情 - 恐怖 - 爱情 - 恐怖 - 爱情 - 恐怖 -

描绘一下你每天回家都会走过的路口。

凭直觉画一幅画。

如果可以,最想和谁吵一次架。把吵架的内容写下来,并写出对方可能会反驳的话。

如果手机没电，你会在人群中找一个怎样的人借电话。描述一下想象中的这个人。

175

写出三件"空气突然安静"的事情。

回忆一下,哪次旅行最难忘。写出脑海中印象最深刻的那个场景。

家里哪个东西是你无论搬多少次家都不会扔的？讲一讲它的故事。

这是你第三次在公司楼下的便利店遇到他/她了。
你会怎样跟他/她打招呼?

想一想，今天下班等车时站台上的人。确定其中一个人，编写一件他/她回家后可能会遇到的事情。

你最讨厌哪种人？想象一下此类人遇到某些事情的反应。

自由创作

自由创作

图书在版编目（CIP）数据

679件可以写的事：一提笔就停不下来的创意写作书 / 杨云编著. — 南京：江苏凤凰文艺出版社，2025.5.
ISBN 978-7-5594-9508-2

Ⅰ.I04

中国国家版本馆CIP数据核字第20257Q8K92号

本书由杨云委托湖北知音动漫有限公司正式授权江苏凤凰文艺出版社，在中国大陆地区独家出版中文简体版本。未经书面同意，不得以任何形式转载和使用。

679件可以写的事：一提笔就停不下来的创意写作书
杨云 编著

责任编辑	耿少萍
责任印制	杨丹
出版发行	江苏凤凰文艺出版社
	南京市中央路165号，邮编：210009
网　　址	http://www.jswenyi.com
印　　刷	崇阳文昌印务股份有限公司
开　　本	880毫米×1230毫米　1/32
印　　张	6
字　　数	10千字
版　　次	2025年5月第1版
印　　次	2025年5月第1次印刷
书　　号	978-7-5594-9508-2
定　　价	46.00元

江苏凤凰文艺版图书凡印刷、装订错误，可向出版社调换，联系电话025-83280257